CB051989

revisão **LETÍCIA TREIN**

Ilustração da capa **LETÍCIA VIEIRA**

projeto gráfico **FREDE TIZZOT**

encadernação **LABORATÓRIO GRÁFICO ARTE & LETRA**

©Arte e Letra, 2023
©Carlos Eduardo Leal

L 435
Leal, Carlos Eduardo
Histórias do sítio do meu vô / Carlos Eduardo Leal. – Curitiba : Arte & Letra, 2023.

120 p.
ISBN 978-65-87603-38-4

1. Ficção brasileira I. Título
CDD 869.93

Índice para catálogo sistemático:
1. Ficção: Literatura brasileira 869.93
Catalogação na Fonte
Bibliotecária responsável: Ana Lúcia Merege - CRB-7 4667

ARTE & LETRA
Curitiba - PR - Brasil
Fone: (41) 3223-5302
www.arteeletra.com.br - contato@arteeletra.com.br

Carlos Eduardo Leal

HISTÓRIAS
DO SÍTIO DO MEU VÔ

exemplar nº 377

Curitiba
2023

Para meus irmãos amados, Sula, Cristina e Horácio que viveram comigo algumas páginas destas histórias.
E meus filhos Ana e Pedro, que escutam estas 'estórias' inventadas na memória feliz.
E, claro, para meus netos Bebel e Lucas.

Eu sempre acreditei...

Eu sempre acreditei no céu: olhar para o céu e sonhar sempre foi uma fraqueza em mim.

Eu sempre acreditei no amor. É impossível viver sem amor. Pode-se amar uma pedra, uma árvore, uma ideia ociosa, uma pessoa, um sorriso sincero, um mar deitado ao vento...

Eu sempre acreditei nas palavras: dos outros... e disto fiz meu trabalho como psicanalista.

Eu sempre acreditei na música como encantamento do mundo: fui batizado entre notas musicais e partituras.

Eu sempre acreditei na literatura como salvação do mundo: a obrigação em ter que, desde que me lembro, ler uma hora depois do almoço, mesmo nas férias, me fez ter um gosto especial por devorar livros como prática da gula. E disto também estabeleci uma exegese como aquele que escreve.

Eu sempre acreditei na eficácia das cores para temperar o mundo: foi com tremor e incredulidade que segurei pela primeira vez pincel, paleta e olhei fundo para a tela em branco.

Eu sempre acreditei na sinceridade: e, claro, muitas vezes paguei caro por acreditar em fantasmas.

Eu sempre acreditei que as pessoas poderiam mentir: mas muitas vezes dei com a cara no poste porque achava que daquela vez era verdade. Mas era mentira por verdade.

Enfim, acreditar não é um dom. É teimosia. Deve ser coisa de quem escutou muitas estórias quando criança e achava bonito o timbre mineiro tremido da minha bisavó Tavinha.

Acreditar deveria ser coisa natural, mas em mim é desvão. Algo como poça d'água com defeito de existir na terra. Sei que neste mundo não se deve ser inocente. Mas acreditar é manter a esperança. Em quê? Ainda estou aprendendo. Aprendendo a crer. Crer sem rezar. Esta é a minha religião. Creio nas plantas e nas minhocas que arejam o pensamento da terra. Creio porque se deve crer em algo. E manter-se firme em suas convicções. Torná-las fortes como a imaginação de uma criança.

Pois é assim.

Eu sempre acreditei nas crianças,
pois nunca deixei a infância me desabitar.

I

João Luis acordou cedinho naquela manhã de outono. Havia chovido muito durante a noite. A terra estava úmida e o orvalho misturava-se nas folhas com a aquiescência da noite. Nenhum galo cantou. Não ouviu a voz de sua bisavó Tavinha chamando as galinhas para dar de comer no terreiro. Ao sair debaixo das cobertas, sentiu o frio que lhe arrepiou a imaginação. O espaldar de sua cama era de madeira nobre. Ainda era época de desmatamento sem a consciência ecológica. Olhou à sua volta e se descobriu sozinho no amplo quarto em que ficava com seus irmãos e primos.

Sua cama ficava encostada à janela. Era uma janela ampla de venezianas pintadas de azul claro sobre a madeira. De pé sobre ela avistava o jardim gramado em declive, e o passeio que sinuosamente sorria até o bambuzal. Eram quatro touceiras enormes que, de um lado, faziam uma clareira, onde tinha uma mesa rústica com dois bancos paralelos. Encostado ao bambuzal, o avô Chico havia mandado bater estacas para que as redes aproveitassem a sombra espessa ali produzida. O que era uma concorrência entre João Luis, seus irmãos e primos após o almoço. Na margem oposta, deitava o enorme açude alimentado por uma fina camada d'água que escorria do charco ao largo e ao fundo. Uma ponte em arco cruzava romanticamente o espelho d'água. No meio da ponte, uma "cabana secreta", como João Luis chamava o pequeno telhado curvo que se debruçava sobre as traíras. Peixe perigoso e, como é de costume na roça, quanto maior o perigo, maior a aventura. Nadar entre as traíras era coragem que muitas vezes faltava ao menino.

Vestiu-se mais rápido do que de costume, lembrou-se do agasalho com capuz e não esqueceu as botas ortopédicas, por conta de seus pés chatos. Bela e Diva, sua filha de olhos azuis brilhantes como turmalina, deram bom dia, e também café com leite, queijo derretido na chapa do fogão à lenha sobre o pão rústico e o bolo de fubá amarelinho feito por elas. Era um contraste que foi se acentuando de vez e irreversivelmente: os olhos azuis de Diva com a cegueira crepuscular de sua mãe. João Luis crescia mais do que todos. Quando perguntado do porquê de seu tamanho, respondia: "Porque dórmo reto", respondia para graça de todos. João Luis, que tinha as pernas compridas, era carinhosamente chamado, através do largo sorriso nortista de Bela, de jaburu, o "tuiuiú" do pantanal.

À sua pergunta sobre o paradeiro de todos, as duas não souberam responder. Ficou triste ao pensar que tinham ido passear e não o chamaram. Mas não se deu por vencido. Ah, tudo menos isso. O sítio estava ali, em suas mãos. E esta coragem não lhe faltava nunca: desbravar o insondável no entre matas, nos pios longínquos e outros barulhos, que só quem vive entre florestas pode pressentir o ocorrido.

Saiu porta afora. O vento sobre a copa das árvores era inclemente. Varria o chão a ponto de arder-lhe os olhos. Gostou de uma folha amarelada que lhe roçou o nariz ao sabor do nada. Fincou a bota na terra molhada e decidiu seguir a folha, que já ia depressa, quase fora do alcance de sua vista. Olhos de lince ele tinha. Conseguia ver formiga carregadeira por detrás de um roçado a mais de légua de distância. No sítio, as coisas eram assim: superlativas na imaginação de cada um. E isto João Luis tinha em abundância. A folha desceu pelo caminho que dava no curral, à esquerda da casa. O menino a seguia ofegante. Passou no meio das vacas e do Adalberto, o bezerrinho que havia nascido há alguns dias. O vento não tomou rumo certo, apenas seguiu por um pequeno vale após os estábulos. Olhou para cima decidido a pegar aquele tesouro amarelecido pelo tempo. Era ouro esvoaçante da imaginação. Haveria de conseguir aquele troféu e mostraria a todos sua façanha. As botas enlameadas, um misto de cocô de vaca, água e terra preta, eram indicativos de sua enorme bravura. A folha ganhou impulso, subiu o morro e levou o menino junto. Embrenhou-se na mata e agora só havia galhos e uma multidão de outras folhas. Como distinguir a sua? Continuou subindo, subindo, subindo até chegar ao topo da montanha, onde a vegetação era rasteira. Olhou à sua volta e espantou-se com o que viu: o ineditismo de nunca ter estado ali. Nunca havia ido tão longe e muito menos sozinho. Um frio alcançou-lhe as narinas e rusgou no peito um tremor de aperto sem sentido. Fungou com o vento gelado que agora tomava todo o seu corpo. Não havia o menor sinal da folha. Havia sido bobo ao tentar hercúlea façanha? Maior do que seus braços poderiam alcançar? Teve medo. Um pássaro piou longe de sua vista. Só alcançou o trinca-ferro com os ouvidos. Era coisa de lonjura não explorada. Lonjura de si mesmo. Estava distante de si e de todos. O medo avizinhava-lhe a garganta. Quis chorar e estancou. Pensou em gritar, mas ficou com medo de atrair bicho feroz. Olhou adiante e viu uma pedra circular que avultava sobre o mato alto. Foi em sua direção com passos miúdos e vacilantes. Não queria se afastar mais. Mas, assim mesmo, foi. Foi como veio ao mundo. Nu em seu medo. Circundou a pedra, achou uma espécie de degrau e conseguiu subir de um arranque só. Isto sabia fazer muito bem. Ficou feliz e assustado com tudo aquilo. Só tinha seis anos para ir tão longe assim. Olhou ao redor e só avistava as infinitas variações do verde das matas nas montanhas. Nada lhe era familiar. Um sentimento de estranheza sussurrou-lhe aos ouvidos: "nem você é familiar a você mesmo", pensou em desatino. Cruzou as pernas e sentou na posição de lótus, embora não soubesse o que era isso.

Foi então que pensou, pensou com muita força. Com toda força que havia dentro de si. Pensou assim: "alguma coisa boa vai acontecer." E, neste pensamento mágico infantil, surgiu, não se sabe de onde, um passarinho azul, com a crista vermelha e uma folha em seu bico. E pousou no joelho esquerdo de João Luis. Maravilhado, viu que em seu bico estava justamente a folha dourada.

— É esta folha que estou tentando pegar desde que saí do sítio de meu avô. Disse o menino, quase que sem dizer, voz abafada, porque nunca havia conversado com passarinho.

Sem soltar a folha do bico, o pássaro respondeu.

— Eu sei, estou te acompanhando em sua aventura desde cedo, João Luis.

Um sorriso brotou em seus olhinhos. O passarinho não só respondia ao seu comentário, como também sabia o seu nome.

— Você sabe o meu nome? Ainda estou dentro do sítio do meu vô? Você sabe o caminho de volta para casa? Você sabe como eu saio daqui?

— Calma, calma, João Luis. São muitas perguntas e eu só sou um passarinho. Todas serão respondidas. Mas primeiro segure esta folha que está em meu bico. Ela lhe pertence.

João Luis abriu a mão e o passarinho deixou cair a folha, que reluziu diante de seus olhos.

— Agora me acompanhe, porque vou levar você de volta e em segurança para sua casa.

Aquilo não cabia dentro do peito do menino. Não cabia tanta emoção nem em seus olhos, que transbordaram sobre sua face rosada. Afinal, o sítio de seu vô era assim. Poção mágica da imaginação mais feliz e misteriosa.

Foi Bela que o recebeu com seu abraço de acolher o mundo todo e sua quase cegueira de ver além.

II

Quando eu era um menino, devia ter uns seis anos, gostava de voar com os passarinhos lá no sítio do meu avô. Ele, que era um sábio, sempre dizia que eu já estava quase conseguindo. Eu acreditava. Minhas asas eram suas palavras. Quando ele morreu, passei vertiginosamente a desler o mundo.

III

Tinha as mãos trêmulas. Não era pela idade. Havia nascido assim, a mãe contava sobre sua preocupação. De início, enrolava o menino em cobertores supondo frio intenso. Quando cresceu e já falava, levou-o a inúmeros neurologistas. Nada foi constatado. "O menino nasceu com isso e, talvez, conviva com este tremor para sempre." Quando seus pais seguravam suas mãos, o tremor diminuía. Levaram-no a um especialista em tremores que foi incisivo:

— Você tem medo?

— O que é medo?

— Você já tem idade para saber...

— O medo tem algo com a idade?

— Pode ter. Na minha ciência, procuro investigar as causas mais remotas para a existência de um sintoma.

— O que é sintoma? O que é remoto?

— Deixa pra lá...

— O senhor tem medo de dizer o que é um sintoma?

O menino aprendia rápido sobre tudo ao seu redor.

O especialista em tremores não deu certo.

Não era taciturno, nem alegre. Era. E vivia. Tinha amigos da escola e uma irmã mais velha.

Certo dia, ao passar pelo quarto da Sula, que era três anos mais velha do que ele, ouviu uma música que nunca havia escutado. Entrou trêmulo no quarto dela e, com a voz mais trêmula ainda, perguntou:

— Mana, que música é esta?

— Ué, João Luis, isso é uma gravação de assobios de passarinho para a aula de ciências.

Ele nem a esperou terminar a explicação.

— Aumenta! — pediu com força descomunal na voz.

Era um trinca-ferro cantando.

— Manica, aumenta mais, por favor. — E seus olhinhos faiscavam com um brilho nunca visto.

— João Luís, suas mãos não estão mais tremendo! — gritou Sula. — Manhê! Paí! Venham aqui correndo.

Era um sábado de manhãzinha.

Neste mesmo dia, levaram o menino para morar no sítio de seu vô. Nunca mais souberam de seus tremores. Dizem que ele sabe imitar mais de trezentas e cinquenta e duas espécies de pássaros.

Mas agora, para estranheza de muitos, deu-se de haver aquilo que não devia. Primeiro começou uma estranha penugem nos braços do menino. Depois, nas pernas. Logo a seguir, parecia que o corpo todo estava na muda, como se diz sobre os passarinhos.

Todos estranhavam aquela mudança. Seus pais quiseram levá-lo a um dermatologista. Ele fugiu para o mato e só voltou no dia seguinte, quando seus pais prometeram deixar como estava. E nunca o tinham visto mais feliz. Acordava de manhã cantando seus trinados. Era bonito de se ouvir aquilo. Também era estranho? Era. Mas fazer o quê se a natureza era caprichosa em seus mistérios?

Foi mudando sua alimentação. Adorava caroço de girassol e alpiste. Adorava tomar banho na tina cheia d'água. E fazia uma algazarra que, se de início estranhavam, agora achavam certa graça encabulada.

Logo a notícia se espalhou e todos queriam ver o menino pássaro.

E vinha gente de tudo quanto é canto do país. O presidente da Sociedade Brasileira de Ornitologia, quando soube da notícia, interrompeu uma conferência que estava dando em Cartagena e veio correndo.

A todos João Luis explicava o que não havia explicação. Mal ele sabia, e o que sabia era que tudo aconteceu como foi descrito aqui. Alguns queriam arrancar uma pena do menino, mas ele não fazia metáforas. Portanto, nada de tristezas ou afins. Ele cada vez falava menos e cantava mais.

Aquilo crescia a transbordar: eram miraculosos e igrejas devocionais de todas as espécies e candomblés e os seguidores de Oxóssi-Odé (que é o deus das matas) e também curandeiros. Até o Vaticano havia se manifestado querendo enviar um alto sacerdote para testemunhar a estranha e maravilhosa transubstanciação.

Mas eis que numa certa manhã não ouviram o canto do menino passarinho. Foram correndo até seus aposentos (que nesta época estava cheio de poleiros) e seu ninho estava vazio.

No lençol que encobria a palha, estava escrita uma única palavra a bico de pena: voei.

IV

Então João Luís perguntou ao seu avô:

— Vô, posso sonhar?

— Pode não meu neto.

— Por que, vô?

— Porque se você pegar essa mania, vai querer ser escritor quando crescer.

— E isso é ruim?

— Não, aliás é ótimo. Mas acontece que você nunca mais vai saber a diferença entre estar sonhando e estar acordado.

— Mas eu não quero acordar de você, vô.

Assim, os olhos do avô de João Luís transbordaram nas margens do encantamento.

V

João Luis esperou por Lívia mesmo depois dela ter dito que não viria. Sentou-se embaixo do pé de jamelão, lugar inventado em seus sonhos, e assuntou sobre a roxa não-presença. Era pequeno demais para entender imprevistos. Aos seis anos, a vida devia acontecer já. E queria que fosse assim: uma espécie de epifania a rasgar os céus em forma de sonho sem ilusão. Portanto, esperou. Mas, como avisado, ela não veio. Ela prometeu não vir. Ele prometeu esperar. Foi seu primeiro grande des-espero amoroso.

VI

Foi a primeira vez que João Luis viu Lívia. Ela chegou atrasada para a aula de alfabetização. Pendurou sua mochila e sentou-se na rodinha, perninha de índio, ao seu lado. Ela não conhecia ninguém. Ele, a todos. Ela não havia trazido seu hidrocor. Até hoje ele não sabe o porquê de ter dado seu estojo de hidrocor para ela. Até hoje ela não sabe o motivo que a levou a ensiná-lo a escrever o nome dela. Mesmo hoje, passados tantos anos, ele ainda escreve.

VII

João Luis não sabia o que era o amor. Sua mãe avisou que não era negócio seguro, não. Pegava, virava ao avesso e depois deixava assim na grama, sem desvirar, feito jabuti. Achou engraçado porque gostava de desvirar jabutis. Tinha lá seu quinhão de sabedoria e alguma astúcia ao fazê-lo.

Seu vô disse: o retorno do vento no rosto é garantia de enamoramento. Se nos olhos entrasse poeira, areinha que fosse, e lacrimejasse, aí era amor na certa. O certo é que João Luis tinha uma árvore que era só sua. Ficava lá no mais alto dos morros do sítio.

Assim: havia um descampado, e no meio do nada do capim, brotava imensa, majestosa e com copa suficiente para abrigar o menino e sua enorme imaginação. Da sombra assentada sobre o capim — sombra que balançava e voava nas horinhas do dia —, João Luis sentava e fertilizava amores por aquela árvore. As raízes eram o prolongamento de suas ideias, e seus braços esticavam tanto que faziam cosquinha do verde das folhas com o azul do céu. De lá, avistava o mundo. Diante de seus olhos descortinava um vale e, vez por outra, algumas vacas e inúmeros passarinhos. O amor por aquela árvore havia fisgado os olhos e a carne macia de sua alma. Reciprocidade e reconhecimento não eram nomes ditos pelo avô Chico, mas eram sentimentos que transbordavam sem carecer de palavras. Dizem que até hoje, face enrugada, olhos cansados de marejar a vida, o menino ainda aparece por lá naquele amor só dele. Amor endoidecido de menino pela natureza nunca careceu de razão, não senhor.

VIII

Quando na roça a terra ficava árida por dias seguidos, ia até o açude buscar um regador cheinho d'água. Depois molhava a terra ardendo só para fechar os olhos e sentir o cheiro da terra encharcada pela "chuva". Sim, naquela época, aos seis anos, na infância no sítio do meu vô, eu era muito em mim e sabia fazer chover. Depois, com o tempo, fui estudar e desaprendi. Então danei a fazer ficção; que era quase o mesmo, só que sem me molhar por fora.

IX

Sei conversar com animais, passarinhos, sei conversar com pé de tangerina, sei conversar com uma borboleta ainda no casulo. Tenho vertigens de olhar para o alto de uma montanha. Fico tonto e acho que ela vai virar uma onda enorme e me engolir. Dou mais valor a um silêncio de rio do que bochichos da cidade. Tenho mais respeito por um varal de nuvens do que pessoas engravatadas. Sou mais afeito a amanhãs do que outroras. Foi meu avô Chico que me ensinou a escutar a voz daquilo que inexiste. Ele tinha um embornal de pios de pássaros e de outras línguas em que conversava com a natureza todinha. Na verdade, era um dicionário universal de invenções da imaginação. Se você pensasse numa coisa, numa coisinha apenas, por menor que fosse, haveria uma definição engraçada que explicaria o sem sentido daquilo. Como se aquele dicionário legendasse o mundo para amanhãs.

Exemplos:

Anzol — ponto de interrogação que adora se molhar.

Acalanto — bisavó com dom para anoitecer os olhos.

Bacia — piscina para louva-deus amanhecer o dia.

Baboseira — trálálá trélélé.

Cosquinha — quando a gota de orvalho rola pela folha de uma couve até se esborrachar no chão.

Caracol — animalzinho que já nasceu com trailer.

Dente — arquibancada da boca.

Duende — mesma coisa que dente. Só que de boca aberta de dar medo.

Enluarado — antigo poeta que saltou para fora das páginas do livro.

Eu — com A vira país, mas sem o E e com T vira nós dois. (continue...)

X

Era mania minha de menino oferecer ciscos e gravetos aos passarinhos para eles construírem seus ninhos. Meus primos implicavam. Diziam que era doideira de quem não tinha o que fazer. Meu vô, aliado das coisas sem explicação, justificava que eu era um cientista e que queria provar que o ser humano também sabia fazer ninhos. Ele piscava um olho para mim, me puxava num canto e sussurrava: só não pense em voar. Com o passar do tempo, você irá voar com sua imaginação e vai crescer tanto que vai voltar até a sua infância. Uma espécie de volta do parafuso anti-horário foi o que desaprendi com o mundo, graças ao meu avô.

XI

Sempre gostei da imagem do menino com um pegador de borboletas. (Aquela varinha com uma rede na ponta). Achava que podia caçar o mundo com aquilo. Na verdade, nunca tive uma. Era só imaginação. Coisa de menino da roça no sítio do meu vô. E se tivesse uma, como era meu desejo, na certa faltaria coragem para usá-la.

E quando ele me pegava nestes devaneios de olhar perdido pro nada, dizia com sua voz grave de quem tem a alma na ponta da língua:

— Meu neto, você de novo caçando palavras ao vento? Vamos já pro alto daquela montanha que vou te mostrar um ninho de letras miudinhas.

E assim fazíamos. Meu vô me conduzia, sem dar uma palavra, através dos pastos, onde, lá no alto, plantava sementes de letras adubadas na imaginação dos infindáveis silêncios.

XII

A horta de minha bisavó

Minha bisavó plantava palavras na horta. Era pra ser escondido de todos.

— Pra que isso, vó? — perguntei inquieto. Bisbilhotice de criança que descobre segredo proibido.

— O que você faz aqui a esta hora, menino?

— Tô só espiando, vó. Só isso — respondi encabulado. Ela descansou a terra sob suas mãos e sorrindo, disse:

— Letras, palavras que precisam ser adubadas. Planto letras e palavras. Elas um dia vão crescer e virar histórias.

— Como as que a senhora conta?

— Melhores, meu neto.

— Impossível, porque as da senhora possuem a sua voz melodiosa de um acalanto que embala meus sonhos e adormece meus medos.

Seus olhos encheram d'água. Com as mãos negras de terra, afagou meus cabelos. Duas ou três letras rolaram pelo meu rosto. Ainda não formavam uma palavra, mas senti o gosto de uma intrigante história por vir.

— Que história a senhora está plantando, vó?

— A fantástica história de um menino bisbilhoteiro.

Cúmplices, sorrimos com os olhos.

Com as mãos trêmulas de emoção, abri um buraco na terra adubada e ajudei a plantar algumas letras, outras palavras...

XIII

Naquele dia de verão, João Luis estava nas margens da alegria no sítio do seu avô Chico.

Acordou disposto a vencer seu medo de andar a cavalo. Achava aqueles bichos enormes, enfurecidos, que coiceavam e que muitas vezes soltavam fogo pelas narinas. Bem, quase isso. Mitologia ou não, pouco importa. O que importa é que, aos seis anos de idade, João Luis decidiu ir até o pasto onde estavam os cavalos. Tremeu em seus calções curtos. Eram altos demais. Os cavalos, claro. Era um perigo grandioso demais. Uma façanha que ele não sabia como venceria. Sabia que poderia pedir ao Seu Nonô para selar um cavalo. Mas como sairia sozinho pelo sítio montando naquele gigante?

Estava no ao-longe, pensando no muito que sua imaginação voava, quando chegou de mansinho seu vô.

— O que está lhe assustando, meu pequenino?

Como ele sabia que eu estava assustado? Será que estava tão escrito assim nos meus olhos?

Então, João Luis se encheu da coragem dos cavaleiros medievais das histórias de sua bisavó Tavinha e falou:

— Vô, eu queria muito andar a cavalo, mas tenho medo de cair.

O vô, que era versado nestes torvelinhos de crianças da roça, foi logo dizendo:

— Meu neto, quando eu tinha a sua idade, era até menorzinho do que você, também tinha medo de montar num cavalo. Mas daí aconteceu uma coisa maravilhosa comigo.

— O que foi, vô.

— Quer ver?

— Quero.

— Eu tenho um cavalo lá no estábulo que você vai adorar montar. Vamos lá?

— Vamos! — exclamou o menino, agora mais confiante.

— Bem, chegamos. Agora feche bem os olhos.

— Fechei. Prometo não abrir.

— Então, quando você abrir, vai ver um cavalo alazão. O cavalo mais bonito que você já viu na sua vida. Não tenha medo. Ele agora faz parte de você. Está dentro do seu coração. Um coração alado, que não teme altos voos. Vou colocar você em cima dele. Segure bem as rédeas e boa cavalgada.

Quando o menino abriu os olhos, mal acreditava no que via. O vô se afastou e o cavalo imenso saiu do estábulo. João Luis só teve tempo de gritar:

— Qual o nome dele, vô?

— Pegasus, meu neto. Pegasus. Bom voo!

E ainda hoje o menino voa alto em seu cavalo alado e nas palavras mágicas de seu avô.

XIV

A pequena carruagem encantada.

Para Olga Ceotto.

Eu era pequena. Bem pequenina. Talvez tivesse não mais do que cinco ou seis anos. Nesta idade, uma menina olha o mundo com olhos de amanhã. E eu era assim. Com meus olhos pequeninos — sempre disseram que eu sorria com os olhos —, enxergava coisas que as pessoas comuns não viam. Eu era curiosa, sempre gostei dos jardins e das plantas. Talvez por isso tenha me tornado paisagista.

Mas no sítio do meu tio avô as coisas eram superlativas, mágicas mesmo. E eu era a melhor protagonista do meu filme. Certo dia, de manhã bem cedinho, desci para o bambuzal que ficava ao lado do açude. Acho que fui a primeira a levantar. Bela e Diva, mãe e filha, as cozinheiras mais encantadas da minha vida, curta vida até então, fizeram um pão quentinho, com manteiga amarelinha e uma xícara de café com leite que certamente havia sido retirado, naquela madrugada, de alguma vaca do curral.

De short, camiseta e sandália, fui até o bambuzal onde havia balanços, escorrega, gangorra e duas barras de ferro, onde adorava dar cambalhotas, me sentindo a menina mais sortuda do mundo por conseguir fazer a Terra girar em pleno ar. Faltava-me fôlego, mas sobrava emoção.

Porém, neste dia, alguma coisa diferente aconteceu. Ao chegar lá, vi alguns brinquedos espalhados pelo chão. Meus olhos se detiveram de imediato numa pequenina carroça sem os cavalos. Não era maior que uma caixa de fósforos, mas era de um azul turquesa que me encantou assim que a vi.

Emocionada, peguei aquela carroça como se fosse um grande tesouro. Nós éramos mais pobres e meus primos e primas, mais ricos. Pensei que eles não se importariam se eu pegasse aquela pequenina carroça de plástico para brincar um pouco. Mas fui me apegando de tal forma ao brinquedo que já fantasiava que aquela era a carruagem de uma princesa, e eu seria sua dama de honra. Não contei a ninguém a minha façanha. Uma façanha de menina num sítio feliz. Guardei aquela carruagem como um talismã até o dia do meu casamento. Exatamente neste dia, meu sonho de princesa também se realizaria. Então dei para uma prima aquele objeto. Eu não disse nada e ela nada perguntou. Nunca havia contado esta história para ninguém. Até ontem, quando lhe encontrei, primo. Você me revelou um passado feliz.

Um beijo da sua prima,

Olga Ceotto.

Ps: Esta história real me foi contada pela minha prima na boa tradição oral que as histórias devem ser contadas. Agradeço a Olguinha a oportunidade da escrita.

XV

O chapéu do meu vô

Meu avô Chico usava chapéu Panamá. Com certeza vem dele e de sua mineira elegância (até quando estava com seus longos pijamas matinais), a minha obsessão pelos chapéus. Tenho muitos e sempre que viajo vou sem nenhum, pois pretendo comprar um novo. Às vezes, isto me custa longos desvios, porque não sossego enquanto não acho um, e a coisa achada vira uma espécie de mcguffin.

"O que é um mcguffin? O melhor é recorrer a uma cena que se passa num trem: "Poderia me dizer o que é este pacote no maleiro sobre a sua cabeça?", pergunta um passageiro. E o outro responde: "Ah, isso é um mcguffin". O primeiro quer saber, então, o que é um mcguffin, e o outro explica: "Um mcguffin é um aparato para caçar leões na Alemanha". "Mas na Alemanha não há leões" — diz o primeiro. "Então isso não é um mcguffin" — responde o outro.[1]

Mas como dizia, o chapéu é uma espécie de agalma platônico, um objeto a lacaniano ou sei lá mais o quê? Talvez possa ser O Aleph borgeano.

Esta estória aconteceu assim:

Eu tinha por volta de 6 anos. Olhei bem para o chapéu pousado sobre a bancada da cozinha esperando que meu avô viesse pegá-lo para sair pelo sítio afora. Meu vô era um sem-des-

---

[1] VILA-MATAS, Enrique. "Não há lugar para a lógica em Kassel". Ed. Cosac Naify, pág.7.

tino dentro do sítio. Nunca soube para aonde ele se dirigia, mas sempre que podia o acompanhava em meus passos curtos, pois era louco por uma aventura. E ele, elegante em sua mineirice, parecia sempre saber o destino certo, pois, dali a algum tempo, ele encontrava um empregado ou ofício e pronto. Havia chegado ao seu destino. Qual era o meu destino? O gosto pelo mistério, pelo não-sabido, pela novidade por vir que sempre me entusiasmou muito. A sua segurança no caminhar sempre me fizera acreditar que ele sabia exatamente a melhor direção a seguir. Assim como vê-lo dançar tango com minha avó era um momento único, tal como Al Pacino no filme "Perfume de Mulher".

Aquela parecia ser a minha chance. Minha única chance nos meus pequenos-longos seis anos de existência. Num esforço mental, encolhi-me todo para caber na lateral da borda do chapéu.

Vupt!

Meu vô passou a mão ligeira no chapéu e, num gesto rápido e elegante, rodopiou o dedo indicador e o polegar pela aba (tive que dar um pequenino salto quando vi aqueles dedos vindo em minha direção) para ajeitá-lo melhor e saímos Rumo ao Farol[2].

Era um privilégio estar naquela altura, olhando o mundo de uma perspectiva totalmente nova, como se fosse uma espécie de minarete de onde eu olhava sem ser visto. Como se fosse "Quero ser John Malkovich", filme em que o personagem entra na cabeça do ator e olha através dos olhos do próprio Malkovich. Eu estava exultante. Aquilo em mim parecia transbordar.

Como eu cabia ali, ao lado da cabeça brilhante do meu vô, de seus cabelos ralos e negros (achávamos que era descen-

[2] O autor refere-se ao romance homônimo escrito por Virgínia Woolf em 1927.

dência indígena) sem ser notado? Era uma façanha jamais imaginada por qualquer um dos meus valentes primos. Mas eu era mais valente e cheio de invencionices na minha imaginação.

Mas algo inusitado aconteceu: após atravessar o curral e falar algumas coisas a seu Pedro, Haiti, o pastor alemão que sempre o acompanhava, começou a latir insistentemente. Meu vô parecia não dar bola ao latido cada vez mais alto do cão. E subiu a passos ofegantes (meu vô morreria de enfisema) uma grande montanha em direção ao tiro ao voo. Chegando lá, sentou-se na sombra de uma frondosa árvore — a minha árvore —, retirou o chapéu com extremo cuidado (nesta hora morri de medo do Haiti), mas fez com que o cachorro sentasse do outro lado. Colocou o chapéu sobre seu colo e "num gesto largo, liberal e moscovita"[3], começou a contar, com sua voz rouca e muito suave, a história de um menino de seis anos, que sonhava com um mundo encantado e voava nas abas do chapéu de seu amado avô.

Ps: Dedico esta história a minha prima, Telminha (Telma Lúcia Alves Cutnei), que viveu muitas aventuras comigo neste sítio e que esta manhã me pediu: "primo, estou com saudades de suas histórias do vô".

---

[3] O autor cita de memória uma poesia de Álvaro de Campos.

XVI

A palavra saudade

"Eis a lição que aprendi em Jesusalém: a vida não foi feita para ser pouca e breve. E o mundo não foi feito para ter medida."
Mia Couto - Antes de nascer o mundo.

Quando eu ainda pouco sabia da vida, meu avô se foi. Não era a primeira vez que ia. Já havia ido diversas vezes. Morrer é o que ele bem sabia fazer. Acho que nunca o alcancei. Ele estava sempre alguns passos à minha frente, quer por sabedoria ou conversa com os bichos. Meu avô era dado a conversar com plantas. Principalmente no alvorecer do dia, no seu sítio. Ele acordava os netos atirando caroços de milho pela janela. Só agora penso que éramos seus pintinhos. Mas era minha bisavó quem jogava as pepitas de ouro no terreiro.

Ao escutarem o chamado da bisa, seu inconfundível 'tchi, tchi, tchi, tchi' de um arvoredo próximo, os galhos sacudiam em alvoroço de algazarra e elas vinham, histéricas, mal sabendo voar, tresloucadas a bicar o chão empoeirado. Ávidas pelas generosas pepitas de ouro. Minha bisavó muito se ria daquele alvoroço. Cabelo ralinho, branco como algodão doce, ela fora a primeira mulher de Espera Feliz (cidadezinha de Minas Gerais) a pintar as unhas. Este *avant-garde* de sua história tão peculiar contrastava com a doçura que era. Casou aos 13 anos e as histórias que nos contava, ela as tinha ouvido de um preto velho — assim o chamavam à época — quando ficava sozinha e o marido saí para a roça. Ficou viúva muito cedo. A peçonha fisgou a mão do marido, Horácio. Não sem antes nascerem Waltina (avó, mulher do vô Chico), Horácio, Walter, Thelma, Glaucia, Valdir e Francisco (Fani).

Enfim, meu avô nos chamava cedinho. Com sua voz rouca dizia assim: "A Waltina pediu para não acordar vocês". E ria numa gargalhada de homem que sabia fazer troças com o inusitado da vida. Eu sempre fui encantado por sua infinita sabedoria de homem simples, mais afeito a rolinhas alvoroceiras do que a serviços meteorológicos para anunciar a chuva. De um pulo, eu tomava café com leite, manteiga amarelinha feita por lá e iniciava a caminhada em direção ao curral para tirar leite de vaca.

Meu avô também sabia conversar com elas. Havia a Mimosa, a Malhada, a Laranja, a mais brava, mas que nunca deixou de lhe responder com apreço, educação e um leite farto, vigoroso, isento da maldita brucelose. E com outras tantas ele falava, com tantas outras com seus estrumes, mugidos, línguas enormes e olhos esbugalhados. Tenho certeza que elas respondiam ao meu olhar, mas ainda não muito ao meu chamado. Era muito pequeno para vacas.

Desde cedo também aprendi com ele a linguagem dos seres que não falavam a nossa língua: begônias, lírios do campo, mariposas, lagartixas, tanajuras, joaninhas vermelhas com bolinhas pretas, sapos-martelo, caracóis de açude, grilos, goiaba com bicho (as brancas têm sempre mais do que as vermelhas), girinos, taioba, facão de cortar cana, laranja lima, tangerina (você pode conversar principalmente com as mexericas, que são mais femininas, mexeriqueiras), pasto depois da chuva, abiu, cajá e jamelão. Ah, principalmente jamelão, que põe nódoa roxa em roupa de toda criança. Com estas eu gostava muito de conversar, principalmente quando estavam no meu bolso. Eu criançava na linguagem com aqueles seres e muitos outros, infinitos outros seres iluminados pelas conversas do meu avô.

À noite, os pirilampos eram estrelas cadentes, candentes que o meu avô mandava acender para iluminar o que não havia. O que havia era temor noturno de fantasmas. Fantasmas, caso não saibam, aparecem principalmente no escuro mais escuro da roça. Mas ele nos "sossegava" contando histórias ainda mais fantasmagóricas. No fundo da noite, todos os seres elementais aprumavam as garras em direção à minha cama. Encolhia embaixo dos lençóis, fechava os olhos e pensava na bravura de meu avô que dizia já ter enfrentado ninho de vespas africanas. Zás! Elas voavam e ele as cortava ao meio com suas histórias encantadas. Era magia de encantamento de criança. A saudade avoenga ajuda a não inventar. Mentira, por verdade, como dizia Guimarães Rosa.

Ainda hoje, quando sinto saudade dele, entro na mata e fico ali por horas seguidas. Perdi um pouco da fluência ao falar com os bichos e as plantas. Mas é como andar no escuro de olhos fechados, com a prática, os descaminhos se encaminham. Por sorte, eles acabam se lembrando de mim e logo puxam conversa, atirando a solidão para a outra margem do rio.

Assim, de mansinho como rio antes de temporal, meu avô tem aparecido, encantado nas palavras. Sei que de tudo ele fazia troça, e ria alto da minha insciência de menino, mas sempre tinha um ensinamento para cada galho retorcido da vida. Ele já me apareceu como um bem-te-vi, um curió, um trinca-ferro, uma mangueira (neste dia precisava de amparo e acolhimento: apareceu frondoso), uma névoa matinal. Aliás, sobre isso ele sempre dizia: "serração baixa, sol que racha".

Em seu mundo não havia fronteiras. Seu mundo era maior, do tamanho do universo. Talvez ainda maior do que o maior eucalipto que minha vista de criança alcançava. Deitava no chão de barriga para cima a espiar o infinito azul por entre os altos verdes.

Foi meu avô que me ensinou a vida. Não toda de uma vez, mas aos goles, entre uma ventania e um passeio a cavalo. Ensinou-me a amar as coisas simples do cotidiano. Só me esqueceu de dizer como é que estanco esta saudade.

"Porque ele tinha razão: o mundo termina quando já não somos capazes de o amar". *(Mia Couto)*

XVII

Estava no sítio de meu vô. Era um fim de tarde, a luz amarela, fraquinha. Na conversa ele disse que vender rosas dava muito dinheiro. Eu disse que queria. Ele me fez pegar um papel de pão ao lado do fogão de lenha. Era um papel tosco, cinza, grosseiro como havia naquela época. E ali mesmo redigiu um contrato a lápis e me fez assinar embaixo. Assinei assustado pensando tratar-se de uma brincadeira, mas meu vô me levava a sério. Talvez mais do que eu próprio me levasse. Dali a duas semanas eu e Zezinho, seu motorista, estávamos em Jacareí-SP, para comprar 500 mudas de rosas. Antes passamos em São Lourenço-MG para ver a reforma da casa que ele havia comprado.

De volta ao sítio, com a ajuda de alguns dos empregados de meu avô, plantei as mudas em latinhas de óleo. E quando elas pegaram, aos domingos, eu e o Zezinho íamos de porta em porta vendendo mudas de rosas. Alguns iam à missa. Eu, em meu culto, vendia rosas. Achava assim o divino em mim.

Foi meu primeiro trabalho. Eu tinha então dez anos. Na invenção que já me cabia, dei o nome daquele enorme empreendimento de Rozedu: Rosas do Zezinho e do Edu. Estava orgulhoso demais em mim. Faria grande fortuna e seguiria os passos pelas roças do meu avô.

Certo dia, o empregado inverteu a quantidade de remédio contra fungos e todas as rosas morreram.

Eu fiquei muito triste e meu vô, entre bravo e muito sério, disse que eu é que tinha que cuidar do que era meu. Tentei, aos soluços, explicar que não morava no sítio, mas foi em vão.

Aprendi muito com meu vô e, desde este dia, fico muito triste quando percebo que descuidei de uma rosa sequer do jardim da minha vida. As pessoas são como flores, costumo pensar. Precisam do cuidado certo, senão murcham, despetalam, secam e morrem. Às vezes é preciso podá-las para seu próprio bem. Crescem melhor após o corte. Foi assim que me tornei psicanalista.

Esta, assim como tantas outras, é uma história verdadeira e que sempre me faz lembrar da história do Pequeno Príncipe: "Tu te tornas eternamente responsável..."

XVIII

Quando criança, no sítio de meu avô, tinha muito medo do escuro. A luz de lá era fraquinha, amarela, o que dava um ar ainda mais fantasmagórico, pois escutava histórias de assombração contadas pela minha bisavó Tavinha antes de dormir. Eram sobre cavalos encantados, reis, rainhas, príncipes.

Mas, de repente, surgia de algum lugar a mão firme do meu avô, que pegava na minha, miúda, trêmula. Mesmo que não surgisse, eu inventava a mão dele. Era assim, de repente, e, hoje em dia, mesmo sem ele, ainda é assim que as coisas acontecem. E é quando reencontro o que se chama de epifania de felicidade em meu coração.

As nuvens, eternas de tão passageiras, são testemunhas da minha existência.

XIX

O Voo da borboleta

João Luis acordou cedinho no sítio do seu vô.

Cedinho é relativo. Na roça, quem tem o relógio engasgado no meio da garganta é o galo. É sempre ele que dá o tom sobre a cerração no ao longe dos pastos. É sempre ele que anuncia o dia. Sempre vigoroso, sem vacilar na voz, sem tremer nem pestanejar. Na roça, é sempre ele que acorda o dia e não o contrário.

Engoliu o café com leite, o pão de sal com manteiga amarelinha e geleia de goiaba feita pela avó Waltina no tacho. O sítio era encantado de goiabas vermelhas, perfeitas para o bicho ou o doce. Era de quem chegasse primeiro.

Como cada dia era uma surpresa, João Luis abria os olhos em estado de surpresa boa: a avó Tavinha com seu tchi, tchi, tchi, tchi, dando de "cumê" para as galinhas, seu Nonô a retirar lenha e varrer o terreiro com vassoura de galhos de eucaliptos, e seu José a tirar leite das vacas. Manto sagrado da memória inventada na saudade.

O vô Chico era sujeito versado nas sabedorias do mundo. Pouco havia de estudo, mas soubera ler e legendar o que o alfabeto o havia negado. Chamou o menino para ir tirar leite das vacas. Aquilo era momento de pura magia. Banquinho de um pé só amarrado na cintura, as vacas no curral com as duas patas traseiras amarradas, era puxar com jeito de apertar que jorrava no balde o leite grosso, espumento, morninho ao som de tch, tch, tch...

Mas no caminho de descida para o curral, um fato chamou a atenção do menino. Do chão, brotaram dezenas de borboletas amarelas. E voaram espantadas pela aproximação do avô e do neto. Ao que João Luis perguntou estupefato, como se pela primeira vez tivesse olhado o que sempre via:

— Vô, por que as borboletas não conseguem voar em linha reta como os passarinhos?

— Meu neto, um dia você vai aprender que a vida também não é uma linha reta.

Desde este dia, João Luis passou a acordar antes do galo.

XX

João Luis acordou cedo naquela manhã de verão no sítio de seu vô. Ainda era a infância de seus dias, mas a vida na roça sempre foi intensa. E a vontade de não perder nenhum minuto fazia dele um ansioso feliz, se assim ele soubesse se expressar. Não era angústia que o fazia pular da cama. Era um sabiá que cantava perto de sua janela.

O peitoril era baixo, o que permitia ficar na ponta dos dedos e expiar pelas frestas da veneziana. Espiava o canto do pássaro. "Eu vi o canto de um passarinho" — dizia animado. Seus primos diziam que quando crescesse teria asas. Era troça da roça. Mas João Luis acreditava. Ele estava muito em seus sentidos. Aos seis anos já crescia em imaginação e via em matéria coisas de acrobatas de circo.

Mas naquele dia de verão o sol amanheceu entre nuvens. As sombras derramavam-se sobre o bambuzal e o pequeno açude.

Percebendo de longe a aflição do neto, o vô do menino veio de lá com alguma coisa na mão, que a princípio João Luis não distinguiu.

— Que é isso, vô?

— Ora, uma lanterna, meu neto.

— Mas aqui tá claro.

— Você não estava falando sobre as sombras?

— Estava, sim.

— Pois então. Com esta lanterna mágica você mesmo vai poder iluminar suas sombras.

Deste ensinamento o menino nunca mais se livrou. E seus dias nunca mais foram os mesmos na intensidade de sua vida.

XXI

Lao Tsé no sítio do meu vô

No sítio do vô tudo era uma feliz densidade. João Luis tinha seis anos quando despertou para a palavra. Numa manhã, levantou cedinho, tomou café com leite e pão feito pela Bela, a cozinheira cega, e se dirigiu para a horta. Ao chegar, deparou com sua vó Tavinha ajoelhada como quem reza missa. Cabelo ralo e branquinho, vestido azul de pequenas margaridas brancas. A simplicidade mineira estava ali. Os anos de roça de quem nunca conheceu outro país, encravados com os joelhos na terra fértil.

— Vó?

Sem olhar para trás, sabia que ela sorria de satisfação pelo neto curioso estar ali.

— Por que a senhora está rezando? Para a plantação crescer bonita?

— Meu neto, estou plantando letras.

— O que são estas letras?

— São as que formarão palavras e se transformarão em histórias para contar para você.

O rosto do menino se iluminou.

A bisa abriu um saco de pano, encheu a mão com algumas letras desusadas e falou:

— Faça um buraco, encha de letras, tampe com carinho e regue com sua imaginação.

Até hoje João Luis tem saudade deste encontro memorável.

XXII

João Luis acordou muito pensativo e extremamente interrogativo naquela manhã de outono no sítio do seu vô. Parecia que todos os enigmas brotaram de uma só vez naquela cabecinha de seis anos...

— Vô, o que é o sol?

Arre! — pensou consigo o avô. Deveria ser uma pergunta fácil de responder.

— O senhor não sabe?

— É uma estrela, meu neto.

— Ah é? E como pode existir estrela de dia, vô? Onde já se viu? Estrela só de noite! — reagiu o menino indignado e cheio de certeza.

— Meu neto, você já sonhou com as estrelas?

— Com as estrelas, não. Mas já sonhei com a lua cheia de queijo...

— Pois veja bem, João Luis. Imagina que você tivesse sonhado com o sol. Então, quando você está dormindo, você sonha que é o sol. Quem diz que agora que você está acordado não pode ser o sol dormindo e sonhando que é João Luis?

O menino estava atônito com a resposta impensável do seu avô. Ficou desacordado pelo resto do dia como se estivesse fora do fora do fora. Tão dentro que fora. Hors de lá: Horlá.

*Versão adaptada da parábola A Borboleta de Lao Tsé.

XXIII

Quando bem pequeno, no sítio de seu vô, nas noites sem lua, João Luis olhava para o céu por entre as estrelas e se indagava sobre a ontologia do universo. Como todas as crianças, fazia perguntas sobre os mistérios do ser, mas ficava sem respostas. Nem sempre perguntava sobre as estrelas, mas assuntava sobre as entrelinhas, ou as estrelinhas entre as estrelas. Aquele negrume sem fim do universo. Aquele abismo sobre abismo. Aquele silêncio que grita dentro da gente e, na falta de resposta, continua a gritar. Como numa espécie de pergunta dentro da pergunta dentro da pergunta...

Hoje, ele olha para a Terra dos humanos-seres. Olha no entre de um ser e outro. Olha atento para os intervalos, para os tropeços, os vaga-lumes das palavras que acendem ideia e se perdem, acendem e apagam. E, tal como olhava para os espaços sem luz, anda descrente diante da falta de respostas para suas perguntas enigmáticas, mas tão humanas.

Por que existe tanto abismo negro entre os humanos? Se o vô nunca conseguiu responder a isso, quem responderá? Diante de perguntas assim, o vô se calava e abraçava profundamente seu neto como se abraçasse o universo inteiro.

XXIV

João Luis ardeu em febre por dois dias e duas noites. Seus avós deram-lhe chá, mel, laranja e muitos dengos. A garganta doía. Quando saiu da cama, quase não conseguia falar. E era uma idade em que o menino estava começando a aprender a escrever. Como não conseguia falar, também não queria mais aprender a escrever. Deu então uma vontade de apagar todas as letras e palavras existentes no mundo. E escreveu, num pedaço de papel, seu desamor pala escrita. "Eu odeio escrever".

Quando sua bisavó Tavinha se aproximou dele, envergonhado, tentou esconder o papel. Mas a bisa já havia lido. Contou então para ele sobre a horta em que plantava letras, que formariam palavras, que se transformariam em histórias que ele tanto gostava.

O rostinho de João Luis rapidamente corou e ao mesmo tempo se iluminou, pois havia entendido a importância da febre de ler e escrever histórias.

Pegou novamente o papel e riscou o "odeio" e escreveu embaixo:

"Eu amo escrever". Ela carinhosamente curvou com reverência sua cabecinha branca e deu-lhe um longo beijo na testa, agora não mais febril.

Dizem que ele nunca mais parou de ler e escrever. Quem passa lá no sítio, ainda consegue vê-lo debaixo de uma árvore, sentado na grama, com um livro no colo e um bloco de papel ao lado.

XXV

João Luis nunca gostou de passarinho engaiolado. No sítio de seu vô Chico, ainda lá pelos seis anos, viu o filho de um caseiro com visgo numa varinha para pegar na cola algum coleiro, ou se a sorte lhe sorrisse mais, quem sabe, um trinca-ferro. O menino convidou João Luis para a aventura. Em seu pequeno grande mundo, vasto mundo, João Luis sabia da desventura, mas não teimou muito consigo e foi. A arapuca colocada em lugar estratégico, os dois na espreita e de repente...zás! Lá estava fisgado o peixe, digo, o passarinho, que não estava morto pela boca, mas com os pés enlameados de cola. As asas tremeluziam no espaço sem nenhuma eficácia. O menino com mãos ágeis agarrou o passarinho (era um coleirinho marrom ainda na muda) e colocou-o rapidamente numa minúscula gaiola. Aquilo deixou João Luis sem fôlego. Sentia-se irmanado lá dentro, aprisionado com o passarinho. Seus olhos marejaram para o dia que já ia quente. Ficou cabisbaixo, sem interesse para mais nada.

Ao regressarem, seu vô perguntou por que tamanha tristeza. João Luis então narrou o triste episódio que presenciara. E falou mais ou menos assim pro vô:

— Não é que eu nunca tivesse visto passarinho na gaiola. Pensei que eles já nascessem ali. Nunca tinha visto como se tirava a liberdade de voar de um ser em pleno ar.

O vô coçou a cabeça, abraçou o neto com força e disse por sua vez:

— Meu neto, a liberdade é um direito de todos. Alguns seres humanos acham que possuem a liberdade de aprisionar os outros. Nunca deixe que o aprisionem. A liberdade começa nos pequenos atos. Um dia você ainda irá escrever sobre isto.

Naquele momento, João Luis não remediou a tristeza, mas aquelas palavras de seu vô produziram um efeito tão grande que comoveram para sempre o futuro homem.

Então ele escreveu isto para seu vô: "Meu vô, que estás no céu. Santificado sejam os passarinhos..."

XXVI

Quando criança, João Luis sempre levava uma palavra para casa na volta do colégio. Todos os dias ele roubava uma palavra nova e, no bolso de sua calça de brim, trazia orgulhoso a palavra e a depositava cuidadosamente no meio das folhas dos Doze Trabalhos de Hércules, seu livro preferido de Monteiro Lobato. Quando chegava o fim de semana, na hora de ir para o sítio de seu vô, o menino ia correndo até a estante e escondia o livro dentro de sua pequena maleta marrom.

Quando encontrava seu vô, os dois iam até o açude. Lá João Luís abria com cuidado o livro e mostrava feliz as novas palavras para seu vô. Ele, orgulhoso do neto, dizia que, maior do que os doze trabalhos de Hércules, era a esperteza dele ao trazer, em seu esforço diário, aquelas palavras tão lindas lidas uma a uma.

Quando João Luís cresceu, seu vô já tinha falecido. Um dia, perguntou para a avó: por que o vô pedia sempre para eu ler para ele? E a vó, com os olhos rasos d'água, murmurou baixinho: ele não sabia ler.

João Luis então descobriu que passou a infância mais feliz do mundo, pois contava histórias para seu vô sonhar.

XXVII

O encontro

João Luis era um menino no sítio de seu vô. Certo dia, saiu sozinho pelo mato a aventurar-se em terras e sertões desconhecidos. Ele só tinha seis anos, mas a emoção da coragem saltava-lhe ao pequenino peito. Subiu e desceu muitos morros e vales. Num piscar de olhos, reconheceu o som de tiros. Teve medo, mas aqueles barulhos eram diferentes das espingardas de seu vô. Parou por detrás de uma touceira. Os tiros haviam dado trégua aos seus ouvidos. O estampido ficara ao longe, perdido naquelas terras. Havia um córrego d'água que se debruçava sobre um açude. Quando se preparava para beber, viu que um soldado em trajes desconhecidos, como se fossem muito antigos, todo sujo de barro, foi entrando calmamente na água. Num segundo teve a mais estranha visão que um menino poderia ter. O soldado, ao tirar a roupa para se banhar, revelou-se uma mulher por baixo daqueles panos enfaixados sobre o corpo escondido. João Luis teve menos medo, mas ainda com o coração acelerado, resolveu se aproximar. A moça levou um susto e disse séria: — Ô, menino! Larga de olhar o que não se vê e some por estas "veredas". Mas ele não sabia o que fazer e, com a vergonha que lhe era característica, apresentou-se como sua vó havia ensinado. Balbuciando, disse: — Eu, eu sou o João Luis. E a senhora quem é? Recobrindo o corpo com a água, a moça deu um meio sorriso enigmático e murmurou: — Eu? Eu sou Diadorim.

XXVIII

João Luis, ainda incrédulo para o mundo, perguntou ao seu vô, após ouvir a história de Adão e Eva, qual era o sobrenome de Adão.

O vô riu por cima dos óculos, ajeitou com uma das mãos o grosso livro que segurava e, sem se deixar abater, respondeu de pronto:

— Meu neto, ele tinha o teu sobrenome.

XXIX

Alfabetizando encantamentos

João Luís pegou as tintas que seu vô lhe dera e saiu correndo para brincar na areia ao lado do lago. Mal chegou e seus olhinhos se espantaram diante de tanta beleza vista.

Quem, de ontem para hoje, havia trocado a velha ponte de bambu por esta japonesa? E que plantas aquáticas eram aquelas? Voltou no mesmo pé e aos gritos emocionados pegou pela mão do vô. Não conseguia dizer uma palavra. O vô entendeu que às vezes, quando a emoção é tanta, a gente emudece. E se deixou levar pelo menino. Quando chegaram na beira do lago, João Luis foi logo perguntando: — Que ponte é esta? Que plantas aquáticas são aquelas? E que nome é aquele ali, à direita, escrito com tinta na água bem embaixo da ponte? Vô, como é que se escreve com tinta na água?

Seu vô, emocionado, respondeu que as plantas eram ninfeias.

— E quanto ao nome, meu neto (e apertou com força a mão do menino), é Monet. Está escrito Monet!

XXX

João Luis acordou cedo naquela manhã de outono. O vento das asas de um passarinho impulsionou um pouco mais o sol que teimava em se esconder por detrás do bambuzal. Seus olhos vibraram com a intensidade fraquinha da luz transversal que pescava as folhas de samambaia na varanda.

O dia estava assim iniciado nas margens da felicidade quando subitamente uma forte rajada de vento transbordou a manhã. João Luis, que já tinha tomado café e estava pronto para mais um dia de aventura no sítio de seu vô, assistiu triste o céu desabar nas franjas da varanda. Estava assim retorcido como uma cana chupada, quando seu vô chegou.

— Estás macambúzio, meu neto?

João Luis nada disse.

— Foi a chuva que estragou o seu dia?

Ele balançou afirmativamente a cabeça. Seus olhinhos estavam embaçados na decepção.

— E o que você pretendia fazer hoje?

— Eu queria ir até o curral tirar leite das vacas, subir a minha montanha preferida para de lá olhar o mundo. Ah, eu queria fazer tantas coisas...

Seu vô coçou o queixo, passou a mão nos cabelos do neto acocorado sobre si mesmo e sentou ao seu lado.

— Olhe, repare naquele filete d'água brilhando entre as pedras, no meio daquela terra.

— Não tô vendo nada.

— Olhe para aquela formiga que briga para não ser arrastada pela correnteza junto de sua enorme folha.

— Ainda não enxergo nada — disse com os olhos embaçados na tristeza que os continha.

— É porque você não está olhando com os olhos da imaginação.

— E o que é isso?

— Bem, vou ter que te mostrar. Disse o avô. Espere aqui.

Num instante seu vô estava de volta com um par de galochas e uma capa de chuva.

— Nós vamos sair? — disse o menino no coração entusiasmado.

— Mais do que isso — respondeu o vô. — Nós vamos fazer uma expedição.

— Mas aonde nós vamos nesta chuva enorme?

— Vou te ensinar como se conversa com as nuvens. Tem uma que é muito minha amiga e vem sempre aqui ao sítio.

— O Sr. conversa com nuvens? E tem uma que é sua amiga?

João Luis estava nesta espécie de euforia chuvosa quando o céu voltou a se abrir. E, como que por desencanto, ficou triste novamente.

Seu vô olhou muito seriamente para o menino e compreendendo sua decepção, falou:

— Agora que a minha amiga nuvem foi embora, eu posso lhe emprestar o sol, mas você jura que me devolve à noite? Eu preciso guardá-lo bem guardado para o dia de amanhã.

Aquilo que não existia parecia não caber dentro do menino. Dizendo que devolveria o sol, saiu correndo no meio da lama, o rosto dourado pelas palavras encantadas de seu vô, e desapareceu em meio à imaginação daquela manhã.

XXXI

João Luis acordou naquela manhã luminosa de outono disposto a percorrer grandes espaços no sítio de seu vô. Tomou seu café da manhã e saiu em busca do inesperado que sempre buscava encontrar: um desconhecido pio de passarinho, um ninho com ovinhos prontos a se tornarem pássaros, os peixes no riacho, o pretume dos girinos em suas margens, o voo ligeiro das andorinhas, uma nuvem agarrada ao topo de uma montanha, uma brisa a conversar ligeira com as folhas na copa de uma árvore, o seu cavalo galopando solto pelos campos, o nascimento de um novo bezerro, mas nada disso acontecia. Não havia nada de diferente.

Então João Luis começou ansioso a correr e a correr e correu muito, mas muito mesmo em busca de novidades. Subiu e desceu morros, contornou o açude e o curral, passou por detrás do pomar numa velocidade enorme para um menino de seis anos. Estava com o rosto esfogueado, o corpo suado pelo enorme esforço, mas com os olhos tristes ao voltar para casa com sua alma tão pequenina, sentindo-a vazia.

Quando retornou, não tinha mais ar em seus pequenos pulmões. As bochechas rosadas, muito suado, mas extasiado com o que não havia. O seu vô chegou perto e ele não conseguia respirar de tão arfante. Mal conseguia falar. Queria puxar o ar e este não vinha.

Então seu vô deitou-o de barriga para o céu sobre uma esteira e disse:

— Meu neto, você quer pegar o mundo, mas o mundo está dentro de você. Respire lentamente pelo nariz e solte o ar devagar pela boca, vá deixando o mundo que você procura entrar dentro de você. Feche os olhos e sinta cada parte do seu corpo. Agora pense na cor do pássaro que você queria ver. Pense na leveza do vento encontrando sua pele. Pense nas nuvens a acariciar seus olhos. Pense nos seus passos no encontro com a terra. Deixe que seu corpo e este sítio sejam um só.

E no contato com aquelas palavras mágicas que pareciam aquecidas pelo dourado da leve luz outonal, João Luis descobriu pela primeira vez a importância de respirar o mundo. Descobriu também que o mundo poderia estar dentro dele. Havia, sim, um mundo dentro de si.

Então o menino descobriu assustado que se podia chorar não só de medo, mas também de emoção pela beleza sentida. E disse:

— Vô, é feio chorar de alegria?

XXXII

No campo, nas pastagens entre vacas e passarinhos, o sorriso dos incrédulos testemunhava o nascimento de João Luis. Uns diziam que ele havia sido polinizado por uma flor do amanhã. Outros que fora gerado por um ser elementar: formiga tanajura ou joaninha-vermelha de brotoejas pretas.

O certo é que o menino nascera falando e já sabia conversar com os animais e as plantas antes mesmo de saber andar. Num dia quase azulado, voou. Não se sabe ao certo para onde foi. Uns dizem que nasceram asas em suas costas. — Um anjo? — gritaram os incrédulos. — Um menino-passarinho? — arregalaram outros.

— Nem um, nem outro. Tem dias que ele nasce para árvore, noutros para ventania, noutros, ainda, para coisas da roça — disse o vô que rondava sorrateiro aquelas bandas das Gerais.

XXXIII

João Luis cortou uma bifurcação de goiabeira para fazer um estilingue. Pegou duas tiras de câmara de ar, um pedaço de couro, barbante e pronto. Enfiou no bolso de trás e foi saindo para o meio do mato. Foi quando seu vô lhe perguntou: — Aonde você vai? — Vou caçar passarinho. E, orgulhosamente, foi retirando o recém feito do bolso de trás do short.

O vô examinou aquela situação. Não queria matar a criatividade do neto, nem a liberdade dos pássaros. Foi então que disse: — Você, meu neto, já provou que é bom em fazer estilingues. Agora quero que vá furar aquela nuvem ali com suas pedras — virou as costas e saiu.

João Luis ficou pensando nas palavras desavisadas do vô. Chegou a subir na montanha mais alta, tentou muitas vezes, mas a tarefa era impossível. Voltou e disse isso ao seu vô. Ao que este, colocando o neto no colo e, muito sério, disse: — É tão impossível fazer um furo numa nuvem com uma pedra quanto devolver a vida a um passarinho.

E, naquele momento, o neto entendeu a fragilidade das nuvens e a força da vida daquelas pequenas asas.

XXXIV

João Luis acordou cedo no sítio de seu vô. Ele havia lhe dito que a vaca malhada iria parir naquele dia. Acordou o avô (em geral, o contrário acontecia), tomaram café e rumaram para o curral. De lá de dentro Seu Pedro gritou:

— Corre, Seu Chico! Corre menino, que o bezerrinho já vem vindo!

João Luis saiu em disparada bem a tempo de ver aquele espetáculo de fezes, placentas, gosmas e nascedouro. Ali, bem defronte de seus olhos, estava o grande milagre da criação. Por algum tempo, João Luis acompanhara a barriga da vaca crescendo. Agora estava parado, olhinhos bem atentos àquela criaturinha que mal nascera e já estava em pé, em sua fragilidade de recém-nascido, a procura do cheiro do leite materno.

— Vô, é assim que se nasce? Foi assim que nasci? — perguntou excitado.

O vô puxou o menino para perto de si e com um sorriso nos olhos, disse:

— Não pra todo mundo, meu neto, mas é assim que a vida dá luz à esperança.

XXXV

João Luis acordou cedinho, encheu os pulmões e disse muito sério:

— Vô, vamos brincar?

— Não posso, meu neto. Estou lendo.

O menino ainda insistiu umas três vezes, mas escutou sempre a mesma decidida resposta. Olhava para o avô na varanda da casa do sítio, sentado na cadeira de balanço com um livro enorme repousado em seu colo.

O que João Luis não sabia é que seu vô era analfabeto, mas com aquela atitude ensinava carinhosamente ao neto quem iria substitui-lo à altura quando se fosse.

XXXVI

Tinha nos olhos a infância do sítio do avô. Tinha nos olhos a saudade desavisada que transbordava através dos afluentes da memória. Tinha nos olhos a essência do perfume de quando a avó rasgava as folhas de couve retiradas ainda cedo da horta. Tinha nos olhos todas as palavras das histórias e ensinamento de seu vô. João Luis cresceu, mas seus olhos ainda continuam mareados quando lembra do primeiro beijo que deu: fugidio, furtado e assustado, numa menina de saia rodada, olhinhos muito brilhantes, face corada, no ermo de sua infância. Não se lembra do nome dela. Queria inventar-lhe um nome. Depois achou que não. Melhor assim. No portão, em cima do mata-burro, fronteira inicial do sítio, todos os nomes femininos poderiam lhe caber. Um para cada sentimento da vida. E por lá ficou o gosto da horta, da essência, da pequena saliência consentida, um gosto de frescor de hortelã e manjericão.

XXXVII

João Luis era ainda um menino no sítio de seu vô quando, munido da sua rede de caçar borboletas, saiu para pescar o tempo. Não podia ver uma sombra se mexendo que achava que ali estava o tempo correndo. Descobriu que era por causa da sua rede furada que não conseguia capturar o tempo. Seu vô lhe disse para encher os furos com as palavras que ele havia lido nos livros. Assim o menino fez, mas a cada palavra usada, um novo furo aparecia. Hoje ele possui uma rede de palavras. Ainda não sabe muito bem o que vai fazer com elas, mas o tempo... bem, este se transformou na palavra saudade das ideias fabulosas de seu vô.

XXXVIII

João Luis olhou para o céu azul que tocava o alto verde da montanha e perguntou:

— Vô, se eu subir até o alto daquela montanha eu consigo encostar minha mão no céu? Ao que o avô muito sério, mas como uma ponta de sorriso nos olhos, respondeu:

— Não. Só se você subir o mais alto que puder no seu coração. Suba bem alto e de lá agarre a primeira nuvem que passar e ela o levará aonde quiser.

Ainda hoje, passados muitos e muitos anos desde a morte de seu vô, o homem crescido (em seu coração sempre é um menino) ainda tenta escutar aquele ensinamento, pois sempre acreditou nas lições avoengas.

XXXIX

João Luis acordou cedinho no sitio de seu avô e foi até a horta de sua bisa. Entre enormes (para criança tudo é superlativo) pés de alface e couve, encontrou sua bisavó agachada com um punhado de letras em madeira na mão e uma pazinha na outra cavucando a terra.

— Vó o que a senhora está plantando?

— Palavras, meu neto. Palavras que se transformarão em frases que criarão histórias para você. Estou fazendo uma plantação de amanhãs. O menino, encostado numa folha de alface, sorriu feliz.

XL

Van Gogh no sítio

João Luis perguntou ao avô por que o céu é tão azul.

O avô explicou: — Há muito tempo, viveu aqui no sítio um homem ruivo, de barba rala e que usava pincéis e tintas. Ele tinha parte com o mistério do universo que lhe emprestava as tintas. Naquela época, meu neto, tudo ainda era cinza. Então ele resolveu distorcer o mundo enfeitiçado com as cores. Enlouqueceu, cortou a orelha, pintou muitos quadros, mas nunca vendeu um azul porque o céu não se vende.

XLI

O espanto de encontrar uma antiga palavra havia feito de João Luis um menino banhado em coragem. Entrou pelo canavial e deixou-se cair no chão, braços abertos em cruz. Olhou para o céu azul por entre as folhas verdes e bradou bem alto a palavra que lhe faltava. Fechou os olhos e, como num filme, sentiu a boca de Alice docemente encostar na sua. Não era sonho. O mundo desmanchava-se numa felicidade clandestina.

XLII

João Luis tinha seis anos quando viu seu cachorrinho morrer. Foi picado por uma cobra no sítio de seu avô. No dia seguinte ao enterro, escreveu como pôde num pequeno pedaço de papel: "Bolinha", que era o nome de seu cachorro.

Foi até a horta onde sua bisavó estava plantando couve e, segurando trêmulo em seu vestido, entregou-lhe o papel e pediu:

— Vó, planta um sonho para mim?

XLIII

A queda do céu

Houve um tempo em que acreditei no céu. Depois soube que os gauleses tinham medo de que o céu caísse sobre suas cabeças. Com o passar do tempo, afinal eu já deveria ter uns seis para sete anos, meu avô disse que o céu não existia. Fiquei muito triste porque gostava das nuvens e dos passarinhos que voavam abaixo delas. Minha bisavó Tavinha não só acreditava como exclamava 'oh, céus!' toda vez que via um gambá rondando o galinheiro. Crendice ou não — restos de mineirice, talvez —, eu queria acreditar como minha bisa. Gostava dos azuis quando ainda não havia sol e depois que ele se deitava atrás da mesma montanha (com algumas variações durante o ano).

Mas meu vô, que tinha a palavra final quando o assunto era natureza, estava convicto: o céu não existia. Percebendo a minha tristeza, ele se aproximou, deu-me a mão e disse: — Vamos jantar e depois vou te mostrar e confirmar a minha teoria sobre o céu. Jantamos, ele pegou a lanterna mais potente que eu já tinha visto. Parecia, eu soube depois, com um holofote. Saímos no breu da noite e ele alumiava o caminho. Não era só metáfora. Meu avô, em sua sabedoria interiorana, era preciso em iluminar caminhos. E fomos subindo o morro do tiro ao voo. Talvez por descuido dele, a luz da lanterna, vez por outra, quase que me cegava. Depois soube do propósito. Era para não ver o que precisava ser visto. No escuro da noite, ao seu lado, nada me amedrontava. Era o menino com seu avô. Então, de súbito, lá na montanha, no mais alto de mim, ele apagou a lanterna. Foi coisa estonteante de quase me desamparar. Voltei a abrir os olhos e enxerguei pela primeira vez, como nunca tinha visto: as estrelas.

— Meu neto, — ele disse baixinho em sua voz grave. — O que você está vendo não é o céu, mas o universo.

Desde este dia aprendi a desver as coisas em sua aparência.

XLIV

João Luis não sabia o que era o amor. Sua mãe avisou que não era negócio seguro, não. Pegava, virava ao avesso e depois deixava assim, na grama, sem desvirar feito jabuti. Achou engraçado porque gostava de desvirar jabutis. Tinha lá seu quinhão de sabedoria e alguma astúcia ao fazê-lo. Seu vô disse: — O retorno do vento no rosto é garantia de enamoramento. Se nos olhos entrasse poeira, areinha que fosse, e lacrimejasse, era amor na certa.

O certo é que João Luis tinha uma árvore que era só sua. Ficava lá no mais alto dos morros do sítio. Assim: havia um descampado, e no meio do nada do capim, brotava imensa, majestosa e com copa suficiente para abrigar o menino e sua enorme imaginação. Da sombra assentada sobre o capim, sombra que balançava e voava nas horinhas do dia, João Luis sentava e fertilizava amores por aquela árvore. As raízes eram o prolongamento de suas ideias, e seus braços esticavam tanto que faziam cosquinha do verde das folhas com o azul do céu. De lá avistava o mundo. Diante de seus olhos, descortinava um vale e, vez por outra, algumas vacas e inúmeros passarinhos. O amor por aquela árvore havia fisgado nos olhos e na carne macia de sua alma. Reciprocidade e reconhecimento não eram nomes ditos pelo avô Chico, mas eram sentimentos que transbordavam sem carecer de palavras. Dizem que até hoje, face enrugada, olhos cansados de marejar a vida, o menino ainda aparece por lá naquele amor só dele. Amor endoidecido de menino pela natureza nunca careceu de razão, não senhor.

XLV

Então João Luís perguntou ao seu avô:

— Vô, posso sonhar?

— Pode não, meu neto.

— Por que, vô?

— Porque se você pegar essa mania, vai querer ser escritor quando crescer.

— E isso é ruim?

— Não, aliás é ótimo. Mas acontece que você nunca mais vai saber a diferença entre estar sonhando e estar acordado.

— Mas eu não quero acordar de você, vô.

Assim, os olhos do avô de João Luís transbordaram nas margens do encantamento.

XLVI

João Luís acordou no meio da madrugada no sítio de seu vô. Um pano negro encobria dúvidas sobre a hora desdita. Aos seis anos, toda noite era muita noite. Na ausência total de lâmpadas, a noite escurecia para dentro fazendo borda a um abismo enorme para uma criança. Não é que João Luís já não tivesse acordado no meio da madrugada, mas nunca um pensamento como esse o havia assaltado no mais profundo de sua pequena infância. Tomou coragem como se fosse um toureiro no maio da arena e, descalço, foi entre corredores e antigas salas até o quarto de seu vô. Estava tão só que nem mais sabia se estava dormindo ou acordado. No meio da noite, sua bisavó dizia, os mortos levantam para arejar esperanças. Dos vivos, ela nada sabia. De alguns duendes e faunos, sim. Mas isso é outra história. O fato é que João Luís se via agora ao lado de seu vô que dormia. Com cuidado e temor, puxou pela mão descoberta do vô que pendia para fora da cama. O que em um espanto consentido, o vô agachou-se ao lado do menino.

— Diga, meu neto. O que te fez acordar?

Não era uma voz zangada, muito menos irritada. O vô sabia que naqueles casos, quando menino da roça desliza de madrugada, pede aconchego e não 'descompreensão'. Podem ser coisas fatais para o futuro homem.

João Luís balbuciou uma fala soluçante, meneou a cabeça para o mais perto dos grandes, amendoados e pretos olhos de seu vô e, com lágrimas nos olhos, perguntou a ânsia fatal:

— Vô, eu posso ser?

— Ser o quê, meu neto?

— Ser gente...

— Uai, e por acaso você é bicho? (Era a referência rural do avô).

— Não, vô. É que às vezes penso que não sou. Entende? Não sou nada. Nem gente nem bicho.

O vô não deu mais nenhuma palavra. Apenas seus olhos lacrimejaram um pouco no lusco da lua que teimava entrar pela fresta da veneziana de madeira. Pegou o neto pela mão e foram andando até lá fora, no escuro breu daquela madrugada de primavera. Uma lua tímida, minguante e orvalhada insistia em não desistir por detrás da montanha.

Ainda não era hora. Inventar um novo modo de rever a vida foi o que o vô lhe disse mais ou menos. O vô mostrou estrelas para o neto.

Disse que elas também queriam ser. O quê? O que quisessem.

Os dois contemplando a lua. A lua no meio dos olhos. Os olhos no meio da vida. A vida no meio do pasto úmido.

O galo murmurou o primeiro cacarejo. João Luís apertou forte a mão do vô.

Dizem que nunca mais soltou.

XLVII

Um amor de palavra
Uma recordação de infância de João Luis

É muito comum uma palavra adoecer. Existem algumas razões para isso. Noutro dia encontrei uma palavra que estava muito triste. Amuada mesmo. Debrucei sobre ela e me sentei cuidadosamente ao seu lado. Ela, lívida de vergonha, encolheu os ombros ruborizada. Tinha poeira em seus olhos. Soprei com a leveza necessária para não ferir o que já era inevitável. Haviam esquecido dela. Não estava gasta. Antes fosse, me disse. Era antiga. Nem mal falada era. Apenas esqueceram de usá-la. Eu, que sempre trago um livro comigo, abri numa página qualquer e a coloquei lá dentro. Um certo rebuliço se fez. Depois um silêncio e, finalmente, um suspiro de alento.

XLVIII

Quando era menino, peguei mania de ser árvore. Foi o vô que me ensinou a conversar com passarinhos. Dali a querer ser encosta para bicos e penas foi um sono. Um dia acordei e já tinha folhas ao invés de cabelos e galhos ao invés de dedos. Foi assim que a coisa se deu. Depois vieram as outras crianças da redondeza maior. Veio o Cassiano, o Lico, a Vandise e a Lucíulia. Genealogia de amigos era de dar musgo. Era pra sempre. E ríamos. Meu vô aprovava de meio aquilo tudo. Achava que se nós fôssemos para sempre árvore, quem iria cuidar da fazenda quando ele se fosse? E um dia ele se foi. Se foi sem a minha autorização ou consentimento meu. Não, nunca teve o meu consentir. Então apeei da árvore e após tantos e quantos anos pisei os dois pés no chão. Minha avó achava doidice de menino, mas fiz que vim de vez, pois já era hora de não ver mais o vô. Fiquei tão triste que irriguei minha alma para sempre. Irriguei com a falta que faz o meu vô a me espiar a invenção minha de ser árvore.

XLIX

Quando era pequeno no sítio do meu vô, ele, muito sério, fazia muitas perguntas, as quais me desassossegavam tentando respondê-las:

1) Por que um girino vira sapo?

2) Por que a cobra de vidro não vira copo?

3) Por que bicho-pau não cresce em vaso nem dá flor?

4) Por que laranja da terra não tem gosto de minhoca?

5) Por que o sol quando desce por detrás do morro não o incendeia?

6) Por que sua avó vive plantando palavras na horta?

7) Por que passarinho não canta em noite de lua cheia?

Ele inventava curiosidades e trocava lobo com passarinho talvez só para me confundir, mas o mais bonito de tudo é que ele nunca respondeu a nenhuma dessas 'filosóficas' questões. Ele me abria o mundo e eu me descortinava feliz, espantado. Foi sua maneira de me habitar nas horas mais incertas da vida quando esta parecia querer se esbarrancar.

Ele era prumo. Eu, pêndulo.

L

Todas as histórias do João Luis são verdadeiras, ou melhor, recriadas no espaço-ficção da memória inventada na alegria. Esta, embora não acontecida no sítio, foi com meu vô.

Meu vô comprou uma linda casa em São Lourenço, Minas Gerais. Era só esperar as férias chegarem e zapt! correr para lá. A casa ficava na entrada da cidade da Estação das Águas. No alto de uma montanha, uma casa azul clarinha, azul carinho, com piso de tábua corrida que fazia onomatopeias impronunciáveis para um menino quando corria pisando propositalmente com força. Havia duas entradas. Uma era para pedestres e dava para a rua em ladeira, com um pequeno portão azul escuro de treliças, escadas de pedras que se bifurcava: ou ia para um porão ou continuava subindo até uma pequena varanda e a sala enorme. A outra passava por trás da casa, dava direto para a cozinha e servia para os carros.

Eu tinha mania de achar que as pessoas eram só minhas. Explico. Não era egoísmo, era um modo de olhá-las, percebê-las e ter uma comunhão com elas de modo que achava que ninguém mais tinha. E assim era.

Certa manhã, nas férias de junho, acordei bem cedinho, caminhei através da sala, pisando de mansinho para não despertar ninguém, abri a porta da varanda e dei de cara com meu avô olhando lá embaixo o sol que preguiçosamente parecia querer surgir entre as brumas. Colocou-me sentado em seu colo e disse a frase que ele gostava para estas ocasiões: — Serração baixa, sol que racha. Sabedoria certeira de homem acostumado às singelezas da roça. E continuou: — Sabe, meu neto, daqui há cinquenta anos você vai voltar aqui e olhar esta névoa deste mesmo jeito. Isso é uma beleza que vai estar esperando por você.

A vida andou, a casa foi vendida e o avô virou bruma nos meus olhos. Triste, pensei que aquela frase não se concretizaria nunca. Nunca mais teria a chance de estar ali e olhar para aquela beleza que ele me ensinou a ver. Mas depois de um longo tempo, descobri que ele não havia preservado a cena da natureza, mas sim meu modo de olhar o mundo. Aonde eu fosse teria os olhos dele a me mostrar o que sozinho não conseguia enxergar.

LI

Meu avô me ensinou a falar com os bichos. Aprendi a língua
dos passarinhos. Até hoje tenho embornal com os pios.
Derivei para as plantas. As avencas são as mais tímidas, mas por
estarem sujeitas a pedras, são as que melhor ouvem você.
Depois, lá na roça, naquele universo, tudo era mote de conversa. Pirilampo, psiu de luz, como diz Rosa, ora dizia sim, ora não.
De noite, a conversa silenciava os estranhos alfabetos. Falar
com estrela era piscar de olhos. A lua estava sujeita a palavras
minguantes, cheias, novas...
Formiga era palavra dor com sentimento de arrependimento
atrasado.
Culpava-me por existir naquela intensidade do que existia sem
existir. Ria com o motor das abelhas e polinizava palavras inventadas na aurora de meus dias.
Depois, muito depois, mas sempre é cedo pra isso, meu avô se foi.
Foi justo neste tempo sem fim da saudade, que derivei a escutar
bicho humano.
Forma inusitada de ver se algum deste sabia a voz do avô.

LII
A palavra inventada

"De modo que nem o que planta é alguma coisa, nem o que rega, mas Deus que dá o crescimento". ICor.3,7.

Minha bisavó era religiosa. Ela acreditava nas folhas de couve. Dizia assim: —Meu neto, se aquela couve brotar viçosa (ninguém mais diz a palavra *viçosa* como ela dizia), darei um lindo nome para a hortaliça. Para ela, dar um nome fazia com que a couve brotasse em flor e folha como uma linda floresta. E eu ficava imaginando uma floresta de couves com formigas colossais e caracóis gigantes que passeavam sobre suas sombras. A bisa acreditava nos nomes e dizia que o nome é o primeiro ato de amor que podemos dar a uma criança. E remendava: — Quando você dá um nome para uma criança que ainda não nasceu, imediatamente ela passa a pertencer à sua família. Antes disto ela não é ninguém. Isto é um ato de amor, pois amor é acolhimento — dizia ela em sua singela e enorme sabedoria.

Então, aventureiro como sempre fui quando o negócio se tratava de palavras, perguntei à avó se eu mesmo poderia batizar aquele pé de couve. Mas vai que "chuva que beira a noite, não tarda em desfolhar palavras", dizia ela. E o dito ficou pelo feito. O dia virou noite antes mesmo do sol se pôr e houve o destronamento da horta. Era água que não caberia em nenhum dicionário por maior que fosse. Na verdade, choveu mesmo da página 93 até a página 215. Era uma chuva sem bainha que se arrastava por demais no chão carregando galhos e deitando árvores. E foi tanta chuva que chorei prevendo o que acabaria por constatar na manhã seguinte. Corri até a horta e nem mais a palavra *horta* havia, se eu soubesse naquele tempo escrevê-la.

E eu tinha ficado com a palavra inventada atravessada na minha garganta, tal como um estrepe no pé. E me doía sentir a gestação da minha palavra abortada. Faltava tão pouco para que ela pudesse ter nascido. Pensei comigo o que haveria de ser do mundo — e naquele tempo meu mundo era o sitio do meu avô — sem a palavra por mim inventada. Não, não havia ainda lugar para a presunção. Era não saber de criança mesmo. Ainda não havia dado tempo para que o tempo da palavra ganhasse estradas pelo mundo afora. O que havia ainda eram fronteiras que, naquele instante, a chuva teimava em apagar.

— Vó, disse engolindo um soluço — o que eu faço com o nome que eu havia inventado para aquele pé de couve?

— Vamos plantá-lo — disse ela sorrindo.

Mas eu sabia que, por dentro, ela também estava triste, porque também tinha inventado muitos outros nomes para os outros pés. Seu Nonô, que era quem trabalhava na horta, veio logo com uma enxada de cabo torto de goiabeira. Era sua preferida. Dormia com a enxada amarrada à sua cama como se prende um cachorro de estimação. Se a deixasse solta ela fugiria? Mas, se fugisse, com quem ela faria esta proeza? Com o ancinho? Todos os dias ele a limpava, passava uma espécie de resina na madeira para que ela não escorregasse e afiava na pedra de mó para que aguentasse firme as intempéries do sol ou da chuva.

— D. Tavinha, Seu menino — ele nunca soube pronunciar meu nome e, no entanto, nunca senti tanto encantamento no impronunciável como quando ele me chamava —, não há de ser nada, não. Quando uma muda de couve se adianta, outra mais forte se alevanta.

E isto era quase Camões, mas era o velho Seu Nonô em sua prosa poética.

Nós três passamos a manhã ali. Plantei palavras como nunca soube que plantaria. Acho que tinha mão boa para isso. Era o que dizia Seo Nonô do alto da sua experiência. Minha bisavó me ensinou que no corrido do canteiro não tem importância você plantar um 'n' antes de 'p' ou 'b', "pois lá embaixo, sob o estrume, as raízes é que embaralham certo a nossa cultura". A bisavó falava de cultura e eu bebia daquela sua água colhida ao longo da vida: água que eu colhia já quase sem esperanças no final do alfabeto, dentro da letra 'u' emborcada para o céu.

Hoje, quando fico ateu das lembranças que tinha dela, recordo logo da sua crença e me reconcilio inventando outras palavras, pois como diz o poeta Manoel de Barros, "as palavras que não têm nome são as mais ditas por crianças."

LIII

E de tanto ser menino no sítio do vô
fui ficando sazonal para as cores.
Entrava no mato e meus olhos esverdeavam.
Pulava pro céu e meus sonhos azulavam entre andorinhas.

Brincava de esconder com a noite e invisível ficava no medo de ser engolido pelos dragões que lá existiam.

Era sol ou chuva e amarelo ou cinza minha pele imitava. Gostava era de ser camaleão. Pra aquilo tinha jeito. Era dom dos deuses da minha bisavó em mim. Histórias para não mais acabar.

Mas descolori com o passar da vida. O que restou foram sazonalidades do espanto, do acaso ou da ternura na chuva escorrida pelo corpo.

Agora, no restar dos dias, pinto palavras e saudades. O vô tem todas as cores que quero e a bisa, além disso, ainda tem o doce das nuvens e o céu por testemunha.

LIV

Meu vô não gostava de gaiolas. Gostava é de ver passarinho solto. Gostava do ar livre, das matas verdinhas. Ele me ensinou a soltar as palavras que ficavam presas no meu peito.

— Meu neto, tá vendo aquele coelho do mato?

— Tô.

O que era mentira por verdade, porque o bicho passara tão ligeiro que eu não queria provocar desgosto no vô.

— Pois ele não vive se não tiver liberdade. Bicho-do-mato é que nem bicho-humano: não gosta de pedras no caminho.

Se naquela época conhecesse Drummond e sua pedra no meio do caminho, teria recitado todo prosa pro vô.

Ele amava a brisa da manhã e as rajadas fortes de vento durante as tardes chuvosas.

Meu vô morreu de enfisema pulmonar. Cigarro que fumou na juventude e não lhe deu sossego na velhice.

Lembro bem de sua morte. Já não puxava o ar. Só jogava para fora como se ainda quisesse partilhar todo o ar do sítio que vivera. Foi um dia muito triste. Fiquei com ele até o final. Olhando em seus olhos, esperando que ele ainda me dissesse alguma coisa. Mas não disse. Silêncio...foi o que ele também me ensinou naquela hora.

Porém, suas palavras ainda respiram em mim.

LV

Era uma vez um menino que era apaixonado pelas palavras. Certo dia, ele começou a escrever a história do mundo. Era arriscado, mas mesmo assim ousou saber o que não podia: onde o sol dormia depois do dia? Quantas nuvens cabiam no céu? Que cor tinha o ontem? Quantas folhas caem numa floresta tropical ao fim do outono? Por que os pássaros não caem do céu quando morrem? Por que o oceano no hemisfério sul não transborda para o espaço? Como o azul podia ser mais melancólico do que uma lembrança apagada?

Por que uma baleia tinha chafariz se não era uma praça?

E foram tantas perguntas e tantos porquês escritos em fina caligrafia, que o menino se tornou homem, e o que eram algumas páginas, tornou-se uma pilha infindável de livros. Era sua Babel. Agora tinha certeza. Quanto mais escrevia, mais próximo do céu ele ficava. Já podia esticar o braço e alcançar os anéis de Saturno.

A última vez que soube dele, foi por um incidente intergaláctico.

As palavras eram inventadas numa novilíngua.

Os livros já não tinham mais numeração. Não havia início, mas inícios. E, claro, fim era uma palavra indizível.

LVI

Certa vez, conheci um menino que um dia foi mato adentro no sítio de seu avô e deparou com um portão, que dava para uma floresta que ele nunca tinha visto. No portão tinha uma tabuleta onde se podia ler: "Floresta Literária — Cuidado com as armadilhas das palavras". Foi em vão, o aviso. Dali ele nunca mais conseguiu ser retirado. Dizem que está lá até hoje.

LVII

Um dos desejos mais fortes no ser humano é voltar a ser criança.

Tenho lembranças ternas e fortes do sítio do meu avô.

Sua voz rouca e sábia como o olhar do gavião. O capim dourado nas manhãs frias de inverno e o sol aquecendo lentamente o pasto e a vida ao redor. O mundo inteiro cabia naquelas manhãs.

Certo dia, caminhando com meu vô, ele se aproximou mais, chegou e disse: — Meu neto, eu tenho vontade de voltar a ser criança em Minas Gerais.

E era eu a criança ali. Pouco entendi porque era eu que queria ser grande como ele.

Esta lição de saudosismo é um pedido de arrefecimento da vida quando ela nos pesa mais do que deveria.

Não gostaria de voltar a ser criança, hoje, no sítio do meu avô. Mas talvez brincar amanhã com esta possibilidade: um futuro-anterior. O balanço, a gangorra, a casinha na árvore, o riacho e tantas frutas que reacendem na alma e na vida, o desejo avoengo.

LVIII

Era mania minha de menino oferecer ciscos e gravetos aos passarinhos para eles construírem seus ninhos. Meus primos implicavam. Diziam que era doideira de quem não tem o que fazer. Meu vô, aliado das coisas sem explicação, justificava que eu era um cientista e que queria provar que o ser humano também sabia fazer ninhos. Ele piscava um olho para mim, me puxava num canto e sussurrava: só não pense em voar. Deixe estar que com o passar do tempo você irá voar com sua imaginação quando crescer e voltar à sua infância.

LIX

Quando pequeno, as noites eram sem luz no sítio do meu vô. A elétrica, que fique bem entendido. As noites eram vigorosas e o negrume só era aplacado quando lua cheia. Aí as folhas das bananeiras ficavam prateadas e bastava uma brisa para tremeluzirem feito bandeira no mastro.

Se eu tinha medo de escuro? Muito. E digo isso com prazer. Porque, apesar do medo, eu arriscava uns passos no meio do nada e longe, muito longe de mim.

Certa vez saí para ser Sentinela da Lua. Se era este o nome que dava àqueles plantões noturnos? Acho que naquela época não sabia o que era sentinela, mas sabia da minha obrigação de ficar acordado vendo a lua caminhar no céu.

Certa noite, do lado mais ermo no fora de casa, cheio de coragem até o coração não mais aguentar, perguntei ao meu vô:

— Pra onde vai a lua quando ela some depois do morro? Faz que nem passarinho em busca de ninho? — Porque para mim ela desistia de viver ali, no alto do capoeiral e da touceira de eucaliptos.

— Meu neto, a lua é como se fosse abraço amigo. Vem, acolhe, depois ressurge quando você mais precisa.

A verdade é que nunca mais fui o mesmo depois daquela noite.

LX

E assim, por dias a fio, João Luís perseguiu a lua na certeza de poder capturá-la. Acreditava que a natureza o ajudaria nesta façanha. Tinha pena dos humanos que não acreditavam que poderiam pegá-la em suas mãos. Aprendera essa possibilidade com seu avô, que era amigo de Italo Calvino, que por sua vez havia escrito sobre este feito lá na Itália.

Não haveria de dormir enquanto não conseguisse.

Dizem que na última vez que viram João Luís, barbas brancas, estava peregrinando, olhos fixos no céu do deserto do Atacama.

LXI

Quando foi que perdi o medo da inocência? Em que mundo ficou a palavra escondida, ecoada num certo trunfo de estrelas? As sazonalidades da infância eram mais longas, os dias lindamente mais demorados que as noites. Quando foi que isto se inverteu? Quando foi que as noites se tornaram mares de chumbo e eu, sem pregar os olhos, varei madrugadas procurando palavras míopes para enxergar o passado?

As interrogações pueris de um menino da roça, preso a passarinhos soltos, fascinado por mitologias telúricas, avoengas, que só cabiam nos transbordamentos febris.

A couve que a minha bisavó cortava fininha, tal como seu cabelinho branco, ralo, de anjo, chegava à mesa perfumada pelas suas estórias. Pele rosada, roseada como uma boa prosa mineira, sorria com os olhos em lágrimas ao me ver com os joelhos em sangue. Não se é menino na roça se o joelho não sangrar. Não se é menino de roça se não se espantar com assombração e lobisomem. Principalmente em noite de lua vermelha. Ali, os bichos pegavam crianças teimosas. Era eu, no caso. Que teimava em alvorecer sonhos, teimava em transgredir as verdades plantadas ainda verdes no pomar. Que teimava em voar não como os pássaros, pois tinha medo das gaiolas, mas como nuvens que sumiam por detrás das montanhas sem deixar rastros. Ah, isso me fascinava. Os mistérios das fugas impossíveis, dos cavaleiros e seus corcéis pretos, da morte inevitável de Ícaro e suas asas de cera.

Quando foi que a inocência desabituou a me olhar inconformada em me perder? Por que fui tão tolo a só aprender a ler quando as palavras escritas nos caules das árvores já ganhavam desbotamento?

Onde está você, menino do sítio do seu avô?

SOBRE O AUTOR

Carlos Eduardo Leal é psicanalista, escritor e artista plástico. Doutor em Psicologia Clínica pela PUC/RJ e professor Universitário, professor da Pós-Graduação em Psicanálise da UNIACADEMIA/JF e do Entrelinhas da Psicanálise. Parecerista e Consultor da Revista Eletrônica Psicanálise e Barroco. Coordenador/diretor do Veredas: Transmissão em Psicanálise. Autor de vários artigos de psicanálise em revistas nacionais e estrangeiras principalmente sobre a obra de Clarice Lispector. Membro participante do Claricear/RGN/Natal.

Autor de *Fragmenta*, Ed. Revinter (poesia), *A sede da mulher e de um homem*, Edição do autor (poesia), *O Nó Górdio*, Cia de Freud (Romance), *A Última Palavra*, Editora Rocco (Romance), *O Céu da Amarelinha*, Editora Rocco (Romance), *Ensaio sobre o Gênesis*, Editora Giostri (Ensaio/quase-romance), *Espelho Partido*, In Media Res Editora (Romance). Como Artista Plástico já participou de várias mostras individuais e coletivas. (técnica: acrílica sobre tela). Assina, Cadu Leal.

Este livro foi produzido no Laboratório Gráfico
Arte & Letra, com impressão em risografia
e encadernação manual.